Alain Badan · Identité spirituelle

AF143890

Alain Badan

Identité *spirituelle*

au-delà de nos identités

Le Silence est éternelle Éloquence

Au-delà des mots, l'ultime Réalité.

© 2013, Alain Badan
Edition : BoD - Books on Demand
12/14 rond-point des Champs Elysées, 75008 Paris
Imprimé par Books on Demand GmbH, Norderstedt, Allemagne
ISBN : 9782322027491
Dépôt légal : Novembre 2013

Préface

Chère lectrice, cher lecteur,

Dans ce livre je vous invite à partager une aventure hors du commun. Une aventure qui va bien au-delà des mots. Bien au-delà de notre compréhension intellectuelle, logique.

Ce voyage vous amènera à partager avec moi, je l'espère, une aventure vécue qui me conduisit bien au-delà des limites de l'expérience humaine, à ce qu'il y a de plus profond en chacun d'entre nous et qui ne demande qu'à éclore, à s'épanouir, tel le lotus qui exprime toute sa beauté sur la vase des passions humaines. Au-delà du voyage physique, humain, que j'ai vécu et que je raconte avec mes mots, cette aventure me mena à l'Expérience spirituelle, l'Expérience de l'ultime Réalité de l'Univers et de nous-mêmes, l'Expérience du Soi Divin.

Les mots de ce livre sont seulement le support par lequel j'ai essayé de transmettre le plus fidèlement et le plus sincèrement possible l'expérience d'une réalité qui EST, bien au-delà des mots. Bien au-delà de la logique.

Un voyage qui me mena vers une Vie, un Amour, un Bonheur, une Paix et une Liberté qui dépassent l'entendement humain.

Pour comprendre ce livre, il ne faut pas essayer de comprendre les mots comme dans un roman par exemple mais se laisser porter par les mots. Se laisser aller au voyage, à une aventure à la fois physique, humaine et spirituelle qui vous mènera bien au-delà de l'espérance, bien au-delà de ce que nous pouvons comprendre, concevoir, imaginer et rêver dans l'état de conscience humain, à travers nos cinq sens. Un voyage qui dépasse notre logique ordinaire pour nous mener à une autre compréhension de la Vie, de l'Univers et de nous-mêmes.

Voilà, je vous souhaite un agréable voyage.

Les étapes du voyage :

Introduction

*D*ieu, le Salut, le Paradis, la Terre promise, la Jérusalem céleste, le Nirvana, la Terre sacrée d'Islam, le Tao, la Conscience de Soi, la Conscience cosmique, la Conscience christique, la Conscience divine, le Vide, l'Éveil, l'Illumination, l'Absolu, l'ultime Réalité, le Sans-Nom, le Sans- Forme, le Non-Duel, Cela, le Soi Divin.

Ces expressions, apparemment différentes, ont-elles quelque chose en commun ?

Dans le domaine des mots elles semblent bien différentes et semblent avoir chacune leur signification. Mais les mots sont-ils la Vérité ?

Depuis fort longtemps les hommes se déchirent à propos de la Vérité parce qu'ils s'attachent à la lettre de l'esprit au lieu de comprendre l'esprit de la lettre. Parce qu'ils prennent les mots, les livres, les discours, les croyances pour la Vérité.

Parce qu'ils n'ont pas vécu l'expérience du Divin. Ils ont seulement lu des livres ou écouté des discours et croient connaître la Vérité. Mais la Vérité ne peut être connue que par l'expérience de l'Impersonnel vécue personnellement. Comme on ne peut connaître le goût d'un fruit en écoutant quelqu'un nous en parler ou en lisant une description du fruit, mais seulement en le goûtant. Alors nous connaissons vraiment le goût du fruit.

Philosophie, science, religion, spiritualité.

Les philosophes font de beaux discours, élaborent des doctrines, mais ne dépassent pas le domaine des mots. Ils ne connaissent pas le goût véritable du fruit divin.

Les religions nous enseignent à croire à un Dieu qu'on

ne peut connaître en ce monde mais que l'on connaî-tra peut-être dans l'au-delà. Leur message originel s'est perdu dans le brouillard du temps et de l'esprit humain. Elles sont devenues de simples systèmes de croyance, susceptibles d'entrer en conflit les unes avec les autres.

La science essaye de comprendre la Vérité de manière intellectuelle, logique. Elle essaye de comprendre l'aspect extérieur de l'univers et de la vie avec des instruments sophistiqués, en utilisant la logique, les mathématiques.

La spiritualité enseigne la Vérité par l'expérience vécue du Divin, de l'ultime Réalité, de notre Identité univer-selle et éternelle au-delà de nos identités humaines, reli-gieuses, culturelles, raciales, nationales et sociales.

À travers ce témoignage, je vous invite à partager une expérience vécue de l'ultime Réalité et à partager avec moi ce voyage vers la Source universelle et absolue de la Création et de nous-mêmes.

Cette expérience, chacun d'entre nous sera amené à la vivre un jour, dans cette vie ou dans une autre.

C'est notre destin ultime, le retour à la Source suprême, au Paradis, à l'Amour, au Bonheur, à la Paix et à la Liberté parfaite, éternelle et indestructible. Ce que nous sommes tous déjà ici et maintenant, au plus profond de nous-mêmes.

Mais nous l'avons oublié depuis longtemps. Seule demeure cette nostalgie profonde, diffuse, d'un temps béni, d'un état paradisiaque.

Avant l'expérience

L'année 1985 fut pour moi celle de la découverte du Japon, un pays où la modernité est encore imprégnée de traditions ancestrales et d'une culture spirituelle riche et profonde, où l'ancien et le moderne vivent en parfaite harmonie.

J'arrivai au Japon au mois de mai 1985 avec 200 dollars en poche et une bonne dose d'optimisme. J'étais avec un ami que j'avais rencontré à Bangkok quelques semaines auparavant : il avait déjà travaillé au Japon en 1984 et m'avait assuré qu'il était facile d'y trouver du travail.

Arrivé à Tokyo, il alla travailler à l'hôtel qui l'avait déjà engagé l'année précédente et me proposa de garder mon sac de voyage en attendant que je trouve une chambre et un travail. Son lieu de travail se trouvait à Roppongi, un quartier branché de la capitale nippone.

Je me retrouvai donc avec 200 dollars en poche en plein milieu d'un pays dont je ne connaissais rien, dans une mégalopole de 12 millions d'habitants à l'époque, avec pour objectif primordial de trouver le plus rapidement possible une chambre et un travail pour survivre et continuer mon voyage.

Je passais mes journées à discuter avec de nombreux expatriés rencontrés à Roppongi, le quartier où se retrouvait la plupart des *gaijin* (personnes de l'extérieur en japonais) dans l'espoir de trouver le plus rapidement possible, ce qui devenait presque une obsession, une chambre et un travail.

Mes journées étaient toujours intéressantes, pleines de rencontres sympathiques avec des gens dont la vie était riche d'aventures et d'expériences. Beaucoup étaient comme moi des voyageurs qui cherchaient autre chose, une autre façon de vivre, une autre voie que celles proposées par les sociétés humaines.

La nuit je dormais où je pouvais, dans des halls d'immeubles, des cages d'escaliers, des gares, parfois je trouvais un coin de verdure dans un parc.

Plusieurs fois par semaine je rencontrais l'ami avec qui j'étais venu dans cet autre monde qu'était pour moi le Japon à cette époque. Il prenait de mes nouvelles et je pouvais aller prendre une douche sur son lieu de travail.

Les journées passaient, mes maigres ressources financières diminuaient et toujours pas de chambre ni de travail à l'horizon.

Au bout de quinze jours, alors que j'étais amaigri, fatigué et de plus en plus désespéré, cet ami me dit qu'une de ses relations, un expatrié, avait une chambre à louer et qu'il connaissait la patronne japonaise d'une brasserie allemande qui cherchait un barman.

Je pouvais enfin entrevoir l'avenir sous un jour meilleur. La chambre était simple mais confortable dans une petite maison en bois sur deux étages avec toilettes dans le corridor près de l'entrée. Pas de douche. Je devais donc me rendre tous les jours au Sento (bains publics japonais) situé à moins d'un kilomètre. Le quartier s'appelle Omotesando, près de Shibuya. C'était à cette époque un endroit tranquille avec de petites maisons traditionnelles, de minuscules restaurants, quelques petits bars et magasins.

Après avoir posé mes affaires et pris un bain, je partis me présenter à la brasserie allemande située à deux pas de l'ambassade américaine dans le quartier d'Akasaka, très éloigné du lieu où je dormais.

La patronne, une jolie femme d'une quarantaine d'années, fort sympathique me présenta au personnel, m'informa sur les détails de mon travail de barman et de mon salaire, 1000 yens de l'heure soit environs 10 francs suisses à cette époque. Pas de CV, pas de contrat, juste une poignée de mains.

Le restaurant ouvrait de 18 heures à minuit en semaine et jusqu'à 2 heures du matin le vendredi et samedi.

Les Tokyoïtes en général travaillent très dur la semaine, se reposent ou festoient le vendredi soir et le samedi, et dorment le dimanche. Le restaurant était donc fermé ce jour-là, ce qui me permettait de récupérer après six jours d'un travail intensif.

Par la suite j'eus aussi la chance de faire de nombreuses figurations dans des films japonais et même dans une adaptation du film *Cabaret* avec une Lisa Minnelli japonaise. Je fis également une publicité pour une télévision japonaise avec un groupe de rock ou je jouais le rôle d'un bassiste. Comme je n'avais jamais eu de guitare entre les mains avant, ce fut une expérience amusante. Une dentiste me demanda aussi de lui donner des cours de français une fois par semaine.

Six mois passèrent, entre travail, découverte du peuple japonais et du Japon, belles rencontres et vie stressante. L'expérience fut difficile mais très enrichissante sur le plan humain.

Après six mois de dur labeur je décidai de passer quelque temps sur une île du sud de la Thaïlande histoire de décompresser et de réfléchir à la suite du voyage.

Début novembre 1985 j'avais suffisamment économisé pour pouvoir continuer mon voyage à travers l'Asie jusqu'en Australie. Je pris donc un avion pour Bangkok en Thaïlande.

Après quelques semaines de farniente, de plage et de bonne cuisine, je décidai de me rendre tranquillement en Australie par la route, le train et le bateau.

Je pris le train à Surat Thani au sud de la Thaïlande pour Penang, une île au nord-ouest de la Malaisie près de la frontière avec la Thaïlande. De là un bateau m'amena à Medan au nord-est de Sumatra en Indonésie. Après quelques jours passés à visiter l'endroit, je pris un mini-bus pour Padang un peu plus au sud sur la côte ouest.

Le chauffeur était un musulman d'âge moyen et comme moi peu bavard. Mais la route étant longue, nous finîmes quand même par échanger quelques mots sur nos vies respectives et le peuple indonésien. En cours de route nous arrivâmes près d'une mosquée au bord de la route. Il me demanda gentiment s'il pouvait s'arrêter pour prier. Touché par sa requête, je patientais tranquillement dans le minibus en contemplant la vie autour de moi. Après encore quelques heures d'un voyage agréable nous arrivâmes finalement à Padang sur la côte ouest de Sumatra. Je restais quelques jours à flâner dans ces rues pittoresques et à goûter son excellente cuisine épicée.

Puis je quittai Padang en minibus en m'arrêtant par-ci par-là le long de la route pour admirer la beauté de cette partie sud de l'île de Sumatra.

Après plusieurs jours de route entrecoupés de courts séjours dans de petites auberges locales appelées *los-men* j'arrivais finalement à Jakarta, capitale de l'Indonésie où je restais quelques jours.

Un soir, alors que je me promenais dans une petite rue près du *losmen* où je dormais, je croisais deux jeunes Indonésiens qui après m'avoir salué me donnèrent l'ordre de leur payer une bière. Comme ils n'avaient pas l'air bien méchant, j'acceptai volontiers l'ordre. Ce fut une belle soirée de partage et d'amitié sur une terrasse tranquille où quelques curieux sympathiques venaient parfois partager quelques rires ou échanger quelques mots.

Après Jakarta je partis pour Bogor, une jolie petite ville tranquille avec un agréable parc naturel, puis Bandung, une petite ville de province sur l'île de Java au sud de Jakarta.

Bandung, le lâcher-prise total

*B*andung était à cette époque une petite ville calme et sans charme particulier, traversée par une rivière.

À un certain endroit un petit pont voûté permet aux piétons de passer sur l'autre rive. Encore aujourd'hui ce pont est toujours pour moi un symbole du passage vers l'autre rive de nous-mêmes, vers notre Être immortel, infini et le début d'une aventure spirituelle qui me mena jusqu'à l'expérience de l'ultime Réalité.

Un matin je mis pour la première fois le pied sur ce pont. Arrivé au milieu, sur sa partie la plus haute, une énergie d'une puissance, d'une paix, d'une douceur, d'une tendresse et d'un amour infini, à la fois m'enveloppa complètement et me pénétra au plus profond de mon être. Cette énergie était à la fois autour de moi et en moi. Mon corps s'arrêta de marcher au milieu du pont et cette sublime énergie me demanda, sans aucun mot, dans une sorte de dialogue d'âme à âme, bien qu'il n'y eût pas de dualité entre cette énergie et moi-même mais une parfaite unité, de lâcher prise sur tout, sur mon corps physique, sur mes désirs, sur ma propre vie, sur l'idée même de mon voyage.

Je me souviens m'être dit en moi-même : ok, j'ai mon passeport et quelques traveller chèques pour rentrer en Suisse au cas où. Et à partir de ce moment-là je m'abandonnai complètement, totalement et en toute confiance à cette sublime énergie. À partir de cet instant elle guida mes pas et je fus libéré de tout souci et de toute inquiétude. Une paix profonde m'envahit. Le passé et l'avenir n'avaient plus d'importance, je vivais dans l'éternel Présent, ici et maintenant.

Devenu comme un enfant qui vient de naître, appréciant pleinement chaque instant de cette vie qui m'était donnée, je continuais tranquillement ma route, en minibus et en train, à travers la beauté des paysages et des villages de cette région de l'île de Java.

Puis j'arrivais à Yogyakarta au centre de l'île sur la côte ouest. Cette petite ville de province, pittoresque et pleine de charme, est un centre de création du batik, une technique d'impression des étoffes. Les habitants de cette région, comme tous les Indonésiens que j'ai rencontrés, sont d'une grande gentillesse, doux et accueillants. Je restais plusieurs jours parmi eux à partager quelques beaux moments de vie. Je louais des cyclo-pousses pour visiter quelques ateliers de batik et le charme paisible de cet endroit aux petites rues animées et aux maisons pittoresques. Parfois je sortais de la ville pour admirer la sublime beauté des rizières verdoyantes qui semblaient couvrir le pays d'un beau manteau d'harmonie.

Un jour je louai une moto pour descendre au bord de la mer à un endroit qui s'appelle Parangtritis. L'endroit doit sûrement s'être développé depuis, mais à cette époque c'était un simple petit village de pêcheurs au bord d'une mer dangereuse où les rouleaux de vagues viennent mourir avec fracas sur le rivage. Si l'on s'éloigne trop de la plage, de puissants courants vous emmènent au large sans espoir de retour. J'en fis la brève expérience un jour où je m'éloignai un peu trop. Je sentis tout à coup que j'étais en train d'être attiré vers le large. Nageant de toutes mes forces j'atteignis finalement le rivage. De toute évidence l'heure de quitter ce monde n'était pas encore arrivée.

Je passai encore quelques jours à me balader en moto dans les environs. L'endroit est vraiment de toute beauté, habillé d'une nature luxuriante parsemée de jolis petits villages et de belles rizières verdoyantes.

Après avoir passé plusieurs jours, heureux et paisible, à Yogyakarta je pris un avion pour Bali, l'île des dieux comme la surnomment ses habitants. Arrivé à l'aéroport de Denpasar, je pris un taxi pour la plage touristique de Legian près de Kuta. Je trouvais un petit *losmen*, à deux pas de la mer.

L'endroit était sympa et les Balinais sont des gens doux, accueillants et sympathiques. Je passais quelques jours paisibles entre plage, balades et partage de bons moments de vie avec les Balinais.

Puis je partis en minibus pour Candi Dasa, plus au nord sur la côte est. À l'époque c'était un petit village de pêcheurs au bord d'une mer bleu turquoise où quelques restaurants et *losmen* accueillaient quelques hippies ou voyageurs à petit budget comme moi.

Je trouvai un joli bungalow individuel avec une petite terrasse privée juste au bord de la mer. L'endroit était paisible et beau et je décidai d'y passer quelques jours.

Chaque matin avant même mon réveil le petit déjeuner était servi sur un plateau posé sur la table de la petite terrasse. Il se composait d'un thermos de thé ou de café, de toasts et de fruits. Une des belles coutumes indonésiennes.

L'Expérience spirituelle

*U*n matin je décidai de louer une petite moto pour me balader dans l'île. Le loueur de moto me donna la seule qui lui restait, une vieille bécane de marque japonaise d'une bonne vingtaine d'années qui devait avoir fait un très grand nombre de fois toutes les routes de l'île. Après avoir vérifié que tout fonctionnait bien, je payai mon dû, enfourchai le vénérable deux-roues et m'engageai sur la route du bord de mer en direction du nord de l'île.

Le temps était radieux, la température idéale et les paysages d'une beauté à couper le souffle. Afin d'admirer, je devrais dire contempler, la beauté sublime autour de moi je décidai de rouler le plus lentement possible soit à une vitesse moyenne de 10 à 15 km/heure d'après le vénérable compteur qui curieusement fonctionnait encore.

La route était étroite et pas très bien entretenue et je devais parfois éviter des trous ou des véhicules qui arrivaient en sens inverse.

Dès le début de cette balade dans l'île, j'étais dans un état d'esprit méditatif. Ce n'était pas qu'une simple balade mais une méditation. Je vivais dans une paix profonde, sans souci, sans inquiétude d'aucune sorte. L'esprit était totalement apaisé. Je vivais simplement le moment présent, ici et maintenant.

Je traversais des paysages grandioses. Sur ma gauche je voyais parfois de magnifiques montagnes parsemées de sublimes rizières en terrasse et sur ma droite des vignes en treille au bord d'une mer bleu turquoise. Ce magnifique paysage n'était pas quelque chose de séparé de moi, je faisais partie du paysage. J'étais en parfaite harmonie avec tout ce qui m'entourait.

Poursuivant ma paisible balade méditative, je m'arrêtais parfois un moment au bord de la route, sans descendre de la moto, afin d'entrer en communion plus profonde avec tout ce qui m'entourait.

Puis j'arrivai à un endroit où de braves ouvriers étaient occupés à réparer la route. Je ralentis pour observer un instant ce qu'ils faisaient. Ils me regardèrent brièvement, me firent signe de passer et retournèrent à leur dur labeur.

Le soleil arrivait maintenant à son zénith. Une douce chaleur m'enveloppait et la sublime beauté de l'endroit imprégnait de plus en plus mon être tout entier.

Le voyage était de plus en plus beau, de plus en plus intense. Le flot de vie coulait dans chaque cellule de mon corps, dans tout mon être.

À un certain moment mon regard fut attiré sur ma droite vers un endroit qui me parut un peu étrange. C'était une sorte de petite vallée qui descendait lentement vers l'océan sur environ 150 à 200 mètres. Tout au fond, au bord d'une petite plage se trouvait une maison solitaire. Je ne sais pour quelle raison mais je me sentis obligé de m'arrêter longtemps à cet endroit. J'étais intrigué par cette maison solitaire. Je restais longtemps à la regarder. Un petit chemin coulait à travers cette petite vallée jusqu'à la maison. Je voulais descendre et rendre visite à l'habitant du lieu. Mais j'hésitais toujours et encore. Mon regard ne pouvait se détacher de cette maison. L'idée traversa mon esprit que ce lieu était peut-être habité par un Sage. Je restais là, longtemps me sembla-t-il, sans pouvoir me décider.

Puis progressivement l'attraction pour ce lieu se dissipa lentement et je continuai ma balade méditative. Je ne saurai jamais si cette maison était habitée ni par qui. Mais ce moment de vie, l'image de cc lieu restent à jamais gravés dans mon esprit.

La route se déroulait devant moi dans des paysages de plus en plus grandioses. J'étais toujours assis sur ma vieille bécane roulant paisiblement à 10-15 km à l'heure lorsque pendant une fraction de seconde, me sembla-t-il, tout devint totalement noir autour de moi. Le monde tel que je l'avais vu jusqu'ici avait totalement disparu. Puis soudain j'émergeai dans une sublime Lumière blanche, un nouvel état de conscience, un nouvel état d'être où tout était Lumière parfaite, Unité parfaite, Vie parfaite. Les formes humaines, la nature, les arbres, les plantes, les animaux, les pierres étaient en vérité Lumière. Les formes étaient certes toujours là mais ne vivaient plus par elles-mêmes. Elles étaient une manifestation de la Vie, de la Lumière éternelle et universelle qui anime toute chose.

Tout maintenant baignait dans une Lumière, une Vie, une Harmonie et une Unité parfaites. Et je pris graduellement conscience que j'étais moi aussi, en tant que corps physique, personne humaine, une manifestation, une expression de cette Vie et de cette Lumière infinie.

Mais j'étais aussi infiniment plus que ce corps mortel, cette petite personnalité humaine. J'étais âme ou parcelle divine. J'étais aussi cette Lumière, cette Vie infinie. J'étais la Vie de toutes vies. J'étais l'autre être humain, la nature, l'animal, l'arbre, la fleur, le brin d'herbe, le grain de sable, la pierre, la montagne, l'océan, les étoiles dans l'univers, l'univers tout entier et bien plus encore. J'étais infini, illimité.

Il n'y avait plus de pensées, plus de respiration, plus d'émotions. J'étais au-delà du mental, au-delà de la respiration, au-delà des émotions, au-delà de la dualité bien et mal, homme et femme, ténèbres et lumière, au-delà de la vie et de la mort. Dans le Soi suprême, la Réalité ultime, dans l'Évidence absolue.

Je baignais dans un silence d'une profondeur et d'une intensité insondables, qui est éternelle Éloquence. Ce silence m'enseignait sans mots, par vagues d'Amour, de Béatitude délicieusement intenses. Il est présence infinie. paix parfaite. Dans une Unité parfaite il me fit prendre conscience que je suis âme, infini, illimité, immortel, éternel, indestructible, de nature éternellement et parfaitement heureuse, paisible et libre.

Tous les soucis, toutes les pensées, toutes les inquiétudes, toutes les peurs, tous les désirs avaient complètement disparu. L'idée même de la mort n'existait plus. Le passé et le futur n'étaient plus. Je pris aussi conscience que dans cet état d'être bienheureux j'étais au-delà de l'espace et du temps. J'étais à la fois le point A et le point B et au-delà. J'étais omniprésent. J'étais éternel.

J'étais dans l'éternel présent, ici et maintenant.

Je pris conscience que ce qu'on appelle la vie et ce que l'on appelle la mort dans l'état de conscience humain sont les deux facettes de la même Vie éternelle et universelle dans cette dimension relative de l'existence. De l'espace-temps.

J'étais parfaitement détaché de tout, d'absolument tout. Non seulement des choses qui nous paraissent si importantes dans cette vie et dans ce monde mais aussi de ce qu'on appelle la vie et de ce qu'on appelle la mort dans l'état de conscience humain.

Je pris aussi conscience qu'en bas, tout en bas, très loin dans l'immensité de l'Être que je suis, (que nous sommes tous en vérité) une minuscule tache sombre, qui avait été mon moi, et qui n'était plus qu'un amas de matière, se déplaçait lentement sur une minuscule moto. Ce corps minuscule avait été moi, mais n'était plus moi, c'était l'Évidence même, l'Évidence absolue. J'en étais parfaitement libre. Qu'il fût brûlé, écrasé, coupé en morceaux, donné à manger aux animaux, je n'en aurais ressenti aucune douleur, aucune frustration, aucun inconfort, aucune anxiété. Ça n'avait plus aucune importance. Ce n'était tout simplement plus moi.

Aujourd'hui je réalise que ce corps est juste un véhicule qui permet à l'Âme divine, que nous sommes tous, de s'incarner dans ce monde, dans cet espace-temps, pour une courte période de temps. Un habit que l'on prend à la naissance et que l'on abandonne une fois usé dans le processus que l'on appelle la mort.

Ce que je suis vraiment, ce que nous sommes tous vraiment, est l'Évidence même. Le reste, ce corps, cette vie humaine dans l'espace-temps, une illusion due à notre attachement à ce corps, à notre ignorance de notre vraie nature spirituelle.

Tout désir avait totalement disparu. L'Amour, le Bonheur, la Paix et la Liberté parfaite, éternelle et indestructible dans lesquels j'étais immergé n'avaient pas de commencement ni de fin et ne pouvaient être détruits puisqu'ils sont la nature même de la Vie, du Soi divin.

J'étais parfaitement satisfait et j'aurais souhaité vivre dans cet état pour l'éternité, quelles que soient les conditions, physique et humaine. Tout le reste n'avait plus d'importance. Je n'avais pas l'amour, le bonheur, la paix et la liberté, qui auraient pu m'être enlevés ou être détruits. J'étais l'Amour, le Bonheur, la Paix et la Liberté parfaite, éternels et indestructibles.

Quand nous sommes dans cet état de Béatitude parfaite, dans l'ultime Réalité de l'univers et de nous-même, à la Source spirituelle ultime de toute vie, de toute création, ce que nous appelons réalité dans l'état de conscience humain, dans notre ignorance, est un rêve. Et notre but ultime à tous, dans cette vie ou dans une autre, est de nous éveiller de ce rêve pour atteindre ce qui est alors pour celui qui s'est éveillé à sa vraie nature, l'Évidence absolue, la Réalité ultime.

Mais il n'y a rien à atteindre qui ne soit déjà là de toute éternité. Rien à créer qui ne soit déjà créé de toute éternité.

Je ne sais pas comment ce corps arriva à Singaraja, une petite ville au nord de Bali. Même après des années de recul et de réflexion je suis persuadé que la Vie universelle, l'Absolu avait pris totalement le contrôle de mon corps et m'avait guidé jusque-là. Je ne vois pas d'autres explications.

Je m'arrêtai devant un petit supermarché pour m'acheter une boisson. À la sortie je croisai un enfant qui semblait avoir une quinzaine d'années et dont le visage était complètement déformé. Il avait un peu la tête d'un éléphant. Profondément touché je vis qu'il vivait dans un profond malheur dû à sa maladie bien sûr mais aussi au fait qu'il était persuadé, dans son ignorance, dans son attachement, que ce corps, ce visage déformé était son moi, son identité véritable. Je voulus aller vers lui et lui dire : « Regarde, tu n'es pas ce corps déformé, toi aussi tu es Âme immortelle, toi aussi tu es déjà, ici et maintenant, Amour, Bonheur, Paix et Liberté parfaites. »

Mais la Vie universelle qui m'avait guidé jusque-là détourna mon attention de ce malheureux et je continuai mon chemin. Il allait vers son destin. Il devait vivre ses expériences. Un jour il vivra lui aussi l'expérience de l'Amour parfait, du Bonheur parfait, de la Paix parfaite et de l'ultime Libération. Il connaîtra lui aussi sa véritable Identité. Il vivra lui aussi un jour l'expérience de l'ultime Réalité. Il connaîtra lui aussi le Soi véritable.

Ceci est notre but ultime à tous, qui que nous soyons ou croyions être en cette vie.

À nouveau sur ma vieille bécane je quittai Singaraja pour retourner au sud de l'île par une des deux routes qui traversent Bali du nord au sud à travers les montagnes. Je quittai progressivement le littoral par une petite route en lacets qui montait tranquillement vers les sommets. Je traversai des paysages magnifiques parsemés de rizières en terrasse, de forêts, de vallées et de montagnes, agrémentés de petits villages qui semblaient reposer en paix dans cet écran de beauté. Tout baignait dans une sereine beauté.

Tout en roulant paisiblement je pris conscience que j'étais au-delà du cycle des réincarnations, du cycle des naissances et des morts successives. C'est impossible à décrire avec des mots. Je le voyais, je le savais au plus profond de mon être tout simplement.

À un moment je décidai de m'arrêter pour admirer le chemin parcouru. La vue de la route qui descendait en lacets jusqu'au bas de la vallée vers l'océan infini me plongea dans une profonde contemplation. Je ne sais combien de temps je restais ainsi.

Semblant venir de nulle part un jeune homme apparut soudain sur ma gauche. Humble et silencieux, il me regarda et tendit la main pour me demander une pièce. Je sortis une pièce que j'avais dans ma poche et la lui donnai. Il me remercia de la tête et poursuivit sa route. Encore aujourd'hui je ne sais d'où venait cet homme. Sur ma gauche il n'y avait aucun chemin, aucune maison aussi loin que je puisse voir, et quelques instant après m'avoir quitté, il avait complètement disparu de ma vue.

Ma vieille bécane semblait increvable. Elle m'emmena jusqu'à un col perdu au milieu d'un paysage de montagne paradisiaque. De l'autre côté je vis au loin, en bas, un lac et décidai de m'y rendre. Après quelques kilomètres d'une petite route sinueuse j'arrivai finalement au bord du lac.

Sur ma gauche à quelques centaines de mètres j'aperçus un vieux temple en bois au bord du lac et décidai de m'y rendre. C'était un petit temple tout en bois de style balinais orné de magnifiques sculptures. Les eaux parfaitement calmes du lac reflétaient la beauté du temple et des montagnes aux alentours. L'atmosphère était imprégnée de mystère et d'une grande sérénité.

Je longeai le bord du lac par un petit sentier et arrivai finalement à un petit restaurant avec une jolie terrasse au bord de l'eau. On y servait un buffet balinais. À la vue de ses belles couleurs mon attention se posa sur ces nourritures terrestres et leurs odeurs ne tardèrent pas à me rappeler qu'il était temps de nourrir ce corps.

Après avoir goûté à quelques bon petits plats et à la paix du lieu, je repris la route. Après quelque temps de montée en lacets j'aperçus au loin la vallée qui descendait vers le sud.

Le ciel se couvrait lentement et une petite pluie m'accompagna pour la dernière partie du trajet. La route était longue, tout en descente, et traversait çà et là de petits villages ou maisons isolées qui semblaient posés sur de magnifiques rizières en terrasses. Des gens vaquaient à leurs occupations.

J'arrivai finalement en bas de la vallée et atteignis rapidement la route du bord de mer. Il me restait plus qu'à retourner à Candi Dasa. La nuit tomba pour la dernière étape et après avoir rendu cette bonne vieille bécane j'arrivai de nuit à mon bungalow. Épuisé je pris une douche et m'endormis profondément.

Les jours suivants furent consacrés à vivre tout simplement. Encore tout imprégné de cette sublime expérience spirituelle, je passais mes journées entre baignades dans une mer bleu turquoise décorée de magnifiques coraux et de poissons de toutes les couleurs, de bons moments partagés avec le très sympathique peuple balinais et quelques bons petits plats.

Après plusieurs jours d'une vie intense de bonheur, de paix et de liberté, sans peurs et sans soucis, baigné dans l'unité de toutes choses je décidai de partir pour l'Australie dans l'espoir de gagner quelques sous pour continuer mon voyage.

L'Australie

*J*e pris un avion pour Darwin au nord de l'Australie. À l'époque c'était une petite ville australienne pur jus avec un joli centre-ville piétonnier. J'y passai quelques jours à chercher du travail, sans succès.

Je décidai donc de poursuivre ma route et pris un bus pour Townsville en passant par le mont Isa, soit la traversée d'une bonne partie du nord du pays. À mi-chemin environ nous nous arrêtâmes au mont Isa en plein désert. Dès la sortie du bus à air conditionné j'eus l'impression d'entrer dans un sauna. La chaleur était presque insupportable. Il devait bien faire dans les 45 degrés, voire plus.

En regardant autour de moi, je m'aperçus que l'endroit ressemblait un peu à un village fantôme, comme dans les westerns. Quelques maisons, une station d'essence, une petite épicerie et un petit restaurant. Le tout donnait l'impression d'être perdu au milieu de nulle part.

Je m'achetai un sandwich et une boisson et sortis regarder les alentours. On était vraiment en plein milieu d'un endroit désertique. Seule la route qui se perdait au loin dans l'infini du paysage semblait nous relier au monde des vivants.

Accablé par la chaleur je me réfugiai dans le bus. Quelques instants plus tard il repartit avec son lot de voyageurs. La route semblait interminable et par endroit les paysages que nous traversions me rappelaient un peu les paysages lunaires que j'avais vus à la télé.

Après un voyage qui me parut sans fin nous arrivâmes finalement à Townsville sur la côte est de l'Australie.

À cette époque Townsville était une jolie bourgade

de province avec des maisons en bois de style victorien, de petites rues bordées d'arcades, de petites boutiques, d'hôtels et de restaurants.

Je pris une chambre dans un petit hôtel en bois sur deux étages. La chambre au premier était simple mais confortable. Un balcon courait tout autour du bâtiment et permettait d'admirer la ville et les alentours.

L'endroit était vraiment joli et les gens fort sympathiques. Je décidai d'y passer quelques jours et de m'informer sur d'éventuels petits boulots.

Après quelques jours fort agréables mais sans aucun boulot à l'horizon je pris un bus pour Mackay en direction de Brisbane. À Mackay pas de boulot non plus. Je pris donc un bus pour l'intérieur des terres dans l'espoir de trouver de quoi gagner quelques sous dans une plantation de fruits ou de coton.

J'arrivai en début de soirée dans un camping en plein milieu d'une plantation de coton. Je trouvai une petite caravane pour y passer la nuit.

Je pris mes affaires de douche et me rendis au bloc des douche non loin de là. Devant le miroir pour me raser, je regardais mon visage. En un instant, comme un éclair, l'Évidence de ma vraie Identité surgit du plus profond de mon être. Mais non, je ne suis pas cette image dans le miroir, cette image que me renvoie le miroir n'est pas moi ! Ce n'est qu'une illusion, un amas de matière. Je suis infiniment plus.

Après une bonne douche je m'endormis d'un profond sommeil.

Le lendemain matin je demandai au patron du camping s'il y avait du travail pour récolter le coton. Il me répondit avec un sourire que la récolte venait d'être terminée.

Je décidai donc de poursuivre ma route en direction de Brisbane plus au sud sur la côte.

Je passais plusieurs jours agréables dans cette belle

ville. J'eus même la chance de visiter l'Exposition universelle. Mais après plusieurs jours de recherche, toujours pas de travail à l'horizon.

Je partis donc, à regret, pour Sydney. Mais l'envie de travailler en Australie diminuait de jour en jour et je décidai donc de rentrer dans mon pays, la Suisse où j'aurais plus de chance de trouver du travail.

Retour en Suisse

*A*près ce voyage de plus de 19 mois à l'autre bout du monde et aux confins de l'univers et de moi-même je retrouvai avec plaisir ma famille et mes amis.

Mais je n'étais pas prêt à parler de cette expérience spirituelle. Ce n'est qu'aujourd'hui, 27 ans plus tard, que je me sens assez mûr pour témoigner et partager avec vous, cher lecteur, cette expérience spirituelle que nous vivrons tous un jour, qui que nous soyons ou croyions être aujourd'hui, dans cette vie ou dans une future incarnation. C'est notre destin ultime à tous. Ou pour prendre le langage des religions, le retour au paradis. Comme le dit le Bouddha : « Un jour tous les êtres atteindront le Nirvana. »

Après une quinzaine de jours je trouvai du travail à Genève, dans la peinture en bâtiment.

Détails curieux : le quartier de Genève où je travaillais s'appelle « Le bout du monde » et la maison était un home pour personnes en fin de vie. Autrement dit des personnes sur le point d'être libérées de leur moi illusoire et temporaire, limité et mortel, d'un amas de matière devenu inutile.

La traversée du désert

*D*epuis ce jour du début de l'année 1986 où j'eus la bénédiction suprême, la chance infinie, de vivre l'Expérience spirituelle, 27 ans ont passé.

De retour dans l'état de conscience humain, dans ce corps, la vie de tous les jours a repris progressivement son cours avec son lot de frustrations, d'échecs et d'épreuves dans tous les aspects de la vie humaine.

Les échecs allaient grandissant, Qu'ils soient d'ordre amoureux, professionnel ou financier.

Ma vie personnelle était de plus en plus frustrante. Rien ne semblait aller dans le sens que je voulais. Que ce soit le projet d'un site web pour une affaire dans lequel je me donnais à fond, une recherche pour un emploi, ou la création d'une affaire avec d'autres personnes, rien ne marchait. J'avais beau faire de mon mieux, même faire plus que ce qu'il m'était demandé de faire, le résultat était toujours le même, l'échec.

Puis vint l'épreuve, la terrible épreuve. L'échec amoureux. Je tombai follement amoureux d'une femme qui pour moi, c'était l'évidence, était la femme de ma vie.

Devant l'intensité grandissante de mon amour pour elle et son refus croissant, la douleur se fit de plus en plus intense, de plus en plus vive. Jusqu'à ce jour d'hiver où elle prononça la parole fatale : « Je ne t'aime pas. » À ce moment-là, le monde s'écroula sous mes pieds. La vie, le monde, rien n'avait plus aucune importance. La souffrance était si intense que je vacillais sur mes jambes tremblantes. La seule chose que je voulais c'était mourir, quitter cette vie et ce monde cruel à jamais.

Il me fallut longtemps, plusieurs années pour digérer cette épreuve douloureuse.

Plusieurs fois l'idée d'en finir pour toujours traversa mon esprit. Mais à chaque fois ma conscience me disait : « Non, ne le fais pas, sois courageux, un jour tu sortiras du tunnel, un jour tu comprendras. »

Cette longue, très longue traversée du désert dura près de 19 ans.

Puis au cours de ces dernières années, lentement, progressivement, je commençais à comprendre la signification profonde de toutes ces années de frustration, de malheur, d'échecs et d'épreuves.

Sur un mur de l'ashram du Sage Sri Ramana Maharshi au pied de la montagne sacrée Arunachala dans le sud de l'Inde il est écrit : « L'ego source de tous les maux. »

L'Expérience spirituelle est l'état sans ego.

Le plus grand danger après avoir vécu l'Expérience spirituelle est que l'ego prenne le contrôle et se proclame le maître. Ce serait la porte ouverte à tous les abus, toutes les déviances, toutes les aberrations que l'on a pu voir, et que l'on peut voir encore de nos jours, tout au long de l'histoire de l'humanité sur tous les continents.

Il y a plus d'aveugles qui guident les aveugles que de Maîtres authentiques capables d'amener le disciple à l'Éveil spirituel, à la Réalisation de Soi.

Je comprenais de plus en plus clairement que cette longue série négative était en réalité positive. Elle avait pour but de me purifier de tout ce qui empêchait le Soi divin de briller dans toute sa Splendeur. De me détacher de l'ego, source de tous les maux.

Aujourd'hui encore ce processus de purification, de transcendance de l'ego, de détachement se poursuit.

Le but de l'évolution spirituelle n'est pas de gonfler et de satisfaire l'ego mais de le transcender. De le dépasser. Pour que brille le Soi divin.

L'Expérience spirituelle nous fait découvrir par l'expérience vécue la Splendeur de l'état sans ego, de notre Identité véritable.

La longue traversée du désert, les épreuves, les échecs et les frustrations nous nettoient en profondeur, nous détachent progressivement de l'ego, nous libèrent de cette excroissance, de la cause de toute souffrance, de cette minuscule tache sombre dans l'Infini du Soi divin, nous détache de notre moi illusoire, détruit ce qui est notre propre création, pour nous unir à la Création divine.

Pour remplir un verre avec une eau pure il faut d'abord le vider complètement de toute l'eau impure qu'il contient.

Pour vivre en permanence dans l'Expérience spirituelle il faut que l'ego cède définitivement la place au Soi divin.

Il faut transcender notre identité illusoire, mortelle et temporaire, pour réaliser notre Identité véritable, immortelle et éternelle.

En fait tout au long de ces longues et douloureuses années la Vie me disait : « Veux-tu continuer à vivre dans l'illusion de croire que tu es cette petite personnalité humaine limitée, bien imparfaite et mortelle, veux-tu continuer à vivre un amour, un bonheur, une paix et une liberté imparfaite, insatisfaisante et limitée ou veux-tu vivre l'Amour, le Bonheur, la Paix et la Liberté Parfaite dans la Splendeur du Soi divin, indestructible, infini, immortel, éternel ? »

Tel est pour moi le sens profond de cette longue et douloureuse traversée du désert.

Le message

Qui que nous soyons ou croyions être dans cette vie, que cherchons-nous tous à travers des milliers de choses différentes ?

L'Amour, le Bonheur, la Paix et la Liberté parfaite, indestructible et éternelle.

Le paradoxe est que nous sommes déjà intérieurement, au plus profond de nous-mêmes, ce que nous cherchons aveuglément à l'extérieur.

Depuis notre naissance nous sommes amenés à regarder à l'extérieur, à développer notre ego, notre moi humain pour survivre dans la société, pour faire notre place dans ce monde.

Nous apprenons à comprendre les choses à travers nos cinq sens.

Plus nous nous identifions avec ce corps, cette personnalité humaine, plus notre regard est tourné vers l'extérieur, plus nous nous éloignons de notre être véritable, du Soi divin, de notre véritable Identité spirituelle dont la nature est Amour, Bonheur, Paix et Liberté parfaite, ou pour prendre le langage des religions, plus nous nous éloignons du Paradis.

Et plus nous nous identifions avec cette personnalité imparfaite, illusoire, plus nous sommes insatisfaits, malheureux et prisonniers de ce moi mortel.

Devenu de plus en plus malheureux, de plus en plus tourmenté, nous cherchons désespérément des bribes de cet Amour, de ce Bonheur, de cette Paix et de cette Liberté perdue, dans de multiples choses, dans l'autre.

Nous croyons à tort que l'autre sera la source de notre amour, de notre bonheur, que telle ou telle situation sociale nous amènera plus d'amour, plus de bonheur, plus de paix, plus de liberté.

Certes ces bribes d'amour, de bonheur, de paix et de liberté peuvent durer un certain temps et peuvent nous satisfaire pour un temps mais, telle une étoile filante, elles finissent toujours par disparaître et par nous décevoir car telle est la nature des choses dans ce monde, dans l'état de conscience humain. Rien ne dure, tout change. Nous ne serons jamais pleinement satisfaits.

Dans notre ignorance de notre Identité spirituelle nous devenons de plus en plus malheureux, de plus en plus insatisfaits, de plus en plus tourmentés et de plus en plus désespérés.

Nous avons oublié qui nous sommes véritablement. Nous avons perdu le Paradis originel.

Puis un jour, dans cette vie ou dans une autre, nous commençons à comprendre que nous sommes dans une impasse, que la Vérité est ailleurs et nous commençons à chercher ce que nous croyons avoir perdu.

Nous devenons un chercheur. Nous nous rapprochons progressivement de ce que nous sommes vraiment au fond de nous-même.

La Vie se manifeste à nous sous différentes formes : des livres, des discours, un maître incarné dans un corps humain ou pas, des événements, des rencontres, des expériences, qui petit à petit nous mèneront sur le chemin du retour à notre vrai Soi, notre véritable Identité au-delà de nos identités temporaires et illusoires.

Certains suivront un chemin religieux, d'autres un chemin en dehors d'un système de croyance, d'autres encore un chemin mystique, spirituel.

Tous ces chemins ont pour but de nous préparer à vivre un jour l'Expérience spirituelle. L'Expérience du Soi divin, de notre Identité véritable, de l'ultime Réalité de l'Univers et de nous-même. L'expérience de l'Amour, du Bonheur, de la Paix et de la Liberté parfaite, indestructible et éternelle.

Alors on sait et ce Savoir né de l'expérience vécue personnellement, rien ni personne ne peut nous l'enlever, rien ni personne ne peut le détruire, pour l'éternité.

On est au-delà de l'espoir puisqu'il n'y a plus d'ego pour espérer, puisque nous sommes à nouveau ce que l'on a espéré pendant si longtemps.

Il n'y a plus de chemin ni de but à atteindre. Nous sommes à la fois le chemin et le but. Au-delà de l'espace et du temps.

Il n'y a plus de croyance puisque nous sommes ce à quoi nous avons cru et bien plus encore. Il n'y a plus d'ego pour croire à quelque chose qui le dépasse.

Il n'y a plus de naissance ni de mort. Seule l'Éternité EST dans toute sa Splendeur.

Il n'y a plus de désirs puisqu'il n'y a plus d'ego pour désirer quoi que ce soit. Plus d'ego pour désirer l'Amour, le Bonheur, la Paix et la Liberté.

Et finalement, grand paradoxe, il n'y a plus de chercheur. Certes il faut commencer par devenir un chercheur et chercher ce que nous avons oublié depuis très longtemps, notre véritable Identité ou Soi divin. Mais un jour, quand on est prêt, le chercheur lui-même doit lâcher prise totalement, doit disparaître pour laisser briller le Soi divin dans toute sa Splendeur.

Il n'y a alors plus de chercheur pour chercher, plus d'objet de la recherche. Plus de chemin à parcourir. Nous sommes au-delà du chercheur, au-delà de la recherche, au-delà du chemin, au-delà du temps et de l'espace.

On pourrait essayer de décrire le lâcher prise total du chercheur par cette image : se jeter dans le vide depuis une haute montagne mais au lieu de sombrer dans un vide abyssal, on s'élève en toute confiance vers le haut, vers la Lumière. Et l'on devient le Tout, l'Infini, la Vie de toute vies.

Une fois que l'Expérience spirituelle a effacé toute trace d'attachement, toute trace d'illusion, toute trace de séparation, toute trace de croyance, tout besoin d'espérer, tout désir, toute peur, seul brille le Soi divin, notre Identité véritable qui est éternellement Amour, Bonheur, Paix et Liberté parfaite.

C'est l'apocalypse : la fin de toute illusion et la révélation de l'ultime Réalité, du Soi divin.

C'est le retour au Paradis des religions. Quel que soit le nom que l'on donne à l'Innommable. Quelle que soit la description que l'on puisse faire de l'Indescriptible.

Toute trace d'impuretés a complètement disparu. Seul brille à nouveau le Soi divin dans toute sa Splendeur, éternellement.

C'est la fin du voyage, la fin du cycle des naissances et des morts.

C'est le retour à notre état originel. Le retour au Paradis.

Les Indiens ont une belle formule pour exprimer cet état d'être et de détachement parfait : Je SUIS, ni ceci, ni cela.

L'apocalypse

L e terme « apocalypse » vient du grec qui veut dire révélation.

La Révélation vient de l'Expérience spirituelle.

L'Expérience spirituelle ne se trouve pas dans les livres ni dans les discours. Mais dans l'expérience vécue personnellement de l'ultime Réalité, du Soi divin, de la Vérité, de notre véritable Identité. Dans l'expérience personnelle de l'Impersonnel.

Le domaine spirituel est tellement subtil qu'il est très facile d'en avoir une compréhension erronée et d'en tirer de fausses conclusions.

La Source de la Création et de nous-mêmes est au-delà du mental, au-delà des cinq sens. Au-delà de ce corps mortel. Et vouloir la « comprendre » avec notre intellect, notre logique, notre pensée, « l'imaginer » avec notre imagination, revient à essayer de décrire l'Indescriptible, à donner un nom à l'Innommable, à imaginer l'Inimaginable, à mettre des limites à l'Illimité, à enfermer l'Infini dans une petite boîte.

Croire que l'apocalypse est la destruction du monde afin que le maître de telle ou telle religion puisse revenir sur terre est certainement une compréhension erronée de l'apocalypse.

L'apocalypse n'est pas un événement dans le temps, passé, présent ou futur, mais un événement spirituel qui peut se produire à tout moment, ici et maintenant, dans la vie de chaque être humain, qu'il soit athée ou croyant, quel que soit le système de croyance qu'il suive, ou pas.

L'apocalypse n'est pas la destruction du monde mais la transcendance de l'ego, des illusions. De l'illusion de croire que ce monde est la réalité. De l'illusion de croire que ce corps, cette personnalité humaine est notre véritable identité, notre vrai Soi. De l'illusion de croire que la mort est la fin de tout et même de croire que la mort existe. De l'illusion de croire que notre système de croyance, quel qu'il soit, est la Vérité. De l'illusion de croire que les livres et les discours sont la vérité.

Une fois que l'on a la bénédiction suprême, la chance infinie de vivre l'Expérience spirituelle, toute illusion, tout attachement disparaissent complètement et la Réalité ultime, la Vérité se révèlent dans toute sa Splendeur.

Telle est la vérité, la signification véritable de l'apocalypse.

L'ego, la mort

*I*l est écrit sur un mur de l'ashram du grand Sage Sri Ramana Maharshi au pied de la montagne sacrée Arunachala dans le sud de l'Inde : « L'ego source de tous les maux. »

Dès notre plus jeune âge notre ego, notre personnalité humaine, doit se développer afin de survivre dans ce monde dans lequel nous sommes appelés à vivre de notre naissance à notre mort. L'enfant grandit en développant son ego, en affirmant de plus en plus sa personnalité, sa différence.

Puis quand nous sommes devenus adultes, notre ego se renforce encore. Nous voulons être le plus grand, le plus beau, le plus fort, le plus courageux, le plus riche, le plus heureux, la star admirée et reconnue de tous.

Notre désir de reconnaissance, de puissance, de richesse, de satisfaction est insatiable. Nous voulons toujours plus. Nous soignons notre apparence, voulons avoir les plus beaux habits, la plus belle voiture, la plus belle maison, avoir de plus en plus d'argent, de pouvoir.

Durant notre vie nous nous identifions de plus en plus avec ce corps, avec cette apparence que nous avons créée pour paraître aux yeux du monde et pour survivre dans cette vie. Nous créons une image la plus parfaite possible de ce que nous voulons être et nous nous identifions de plus en plus à cette image.

La société nous le dit sans cesse, soyez ceci, soyez cela.

Mais cette apparence, cette image de ce que nous croyons être ne nous satisfait jamais complètement. Il nous manque toujours quelque chose pour être complètement satisfait, heureux, en paix et libre. Plus nous

nous attachons à notre image de soi, plus nous nous identifions avec ce corps, plus nous nous éloignons de notre vraie nature, de notre vrai bonheur.

Et un jour, ce que nous appelons la mort frappe à notre porte et nous invite au lâcher-prise total sur notre création, sur cette image, sur cette petite personne que nous avons tant chérie, sur ce corps que nous avons cru toute notre vie être notre moi. Ce moi illusoire va disparaître dans les profondeurs abyssales de l'inconnu. Ca nous paraît terrifiant, injuste.

Les moines bouddhistes Zen japonais ont une belle formule pour parler de ce passage que nous traversons tous au couchant de notre vie : « Nul ne peut entrer dans le Nirvana s'il ne peut passer par le chas d'une aiguille. »

Autrement dit l'ego ou ce que nous croyons être notre moi ne peut pas entrer au paradis, il doit disparaître dans le processus que l'on appelle, dans notre ignorance, la mort.

Alors que reste-t-il après la mort ? Qui meurt ?

La question que l'on peut se poser toute notre vie est : « Qui suis-je ? »

Mais la réponse définitive à ces questions ne peut pas venir d'une compréhension intellectuelle ou d'une croyance, d'un livre ou d'un orateur, mais seulement être trouvée par l'Expérience spirituelle vécue personnellement. Par l'expérience personnelle de l'Impersonnel. Par l'expérience du Soi divin.

L'ego, le corps, n'est pas la vie mais simplement un véhicule temporaire pour l'être spirituel que nous sommes vraiment. Il est un amas de matière destiné à être désintégré un jour dans le processus que nous appelons la mort.

Socrate disait, paraît-il, à ses bourreaux : « Celui que vous allez tuer n'est pas Socrate mais le corps de Socrate. »

La pratique spirituelle
ou combat saint

Le combat saint, la pratique spirituelle, quel que soit le nom qu'on lui donne, ne consiste pas à détruire d'autres vies pour aller dans un paradis illusoire.

Il ne s'agit pas non plus de convertir l'autre à notre système de croyance, quel qu'il soit.

Les beaux discours de ceux qui enseignent ce qu'ils ont lu dans des livres ou ce qu'ils croient savoir peuvent être bénéfiques pour un temps. Ils peuvent apporter un peu de réconfort à l'âme perdue, apaiser l'esprit tourmenté. Mais ils ne permettent pas de transcender l'ego pour atteindre l'Éveil spirituel.

De tout temps et en tout lieu des hommes et des femmes ont pratiqué une discipline spirituelle dans le but de transcender leur ego afin d'atteindre l'état de Béatitude parfaite que nous sommes tous au fond de nous-mêmes.

Ces êtres que l'on appelle moines, pèlerins, chercheurs, ermites, ascètes ont tous suivi et suivent tous encore de nos jours une pratique spirituelle intense pour maîtriser leur corps, leurs émotions et leur mental. Par des efforts journaliers et continus, de longues méditations, ils parviennent finalement à la maîtrise totale de leur nature humaine. Ils transcendent leur ego pour entrer dans la pure Lumière de l'état sans ego, du Soi divin. Ils sont en union parfaite avec la Réalité ultime.

Ces hommes et ces femmes méritent le plus grand respect. Et leur discipline, leurs pratiques spirituelles sont le seul combat digne de ce nom, le seul combat saint et sain.

Ils sont ou seront un jour, comme nous tous, des Sages. Des êtres qui vivent en permanence dans l'état de pur Bonheur, de Paix parfaite, éternellement libres de toute souffrance, de tout désir, de tout attachement et de toute illusion. Quelles que soient leurs conditions, physique et humaine, dans ce monde.

Aux yeux du monde ils sont des fous, mais des fous divins, car ils vivent au-delà des cinq sens. La Vie qu'ils vivent n'a pas de sens, elle n'est pas limitée par les sens, elle EST tout simplement, infinie, illimitée, indestructible, éternelle, intense.

Elle est incompréhensible tant que l'on vit dans l'état de conscience humain et que l'on essaye de comprendre les choses à travers nos cinq sens, avec notre logique.

Pour le Sage le combat est terminé. Pour l'ignorant le chemin est long et parsemé d'embûches. Mais la Lumière est toujours au bout du chemin. À travers les épreuves, les échecs, la souffrance mais aussi des instants de bonheur et de paix, des moments où l'on se sent libre, des moments d'amour intense, elle nous dit sans cesse : « Regarde, tu es déjà ce que dans ton ignorance tu cherches aveuglément. Tu es déjà cet Amour, ce Bonheur, cette Paix et cette Liberté parfaite et éternelle. »

Mais l'entendons-nous ?

Tel est le sens profond du combat saint ou pratique spirituelle.

La Vie

*U*n jour, il y a très longtemps, vers l'âge de 5 ou 6 ans alors que j'étais en première année d'école enfantine notre maîtresse nous donnait des cours de rythmique. Elle jouait du piano et nous apprenions à danser sur le rythme de la musique. Un jour elle prit un triangle et une petite baguette métallique avec laquelle elle frappait les deux bords du triangle pour créer un rythme. À la base du triangle, là où les deux bords sont le plus éloignés l'un de l'autre, le rythme était lent et plus elle montait, donc plus les bords du triangle se rapprochaient, plus le rythme s'accélérait et tout en haut du triangle, là où les deux bords se rejoignent, il n'y avait plus de son, plus de vibrations. Plus de distance entre le point A et le point B.

Encore aujourd'hui je ne sais pas si cette maîtresse comprenait le sens profond de ce qu'elle venait de faire avec son triangle et sa baguette métallique. Et pendant des décennies je ne le compris pas non plus. Mais cette image reste à jamais gravée dans mon esprit. Probablement sans le savoir cette gentille maîtresse venait de me donner la clé de l'univers.

Ce n'est que plusieurs décennies plus tard, après avoir vécu l'Expérience spirituelle, que je commençais à comprendre la vérité cachée derrière cette image.

Le scientifique Albert Einstein a découvert que la vitesse de la lumière est de 300000 km par seconde. Autrement dit la lumière met une seconde pour parcourir 300000 km d'espace entre un point A et un point B (la base du triangle).

L'espace-temps dans lequel cet univers et nous-mêmes existons est constitué de matière dense et de vibrations lentes qui freinent la vitesse de la lumière qui ne peut voyager qu'à 300 000 km par seconde.

Maintenant cet espace-temps dans lequel nous existons est la partie la plus visible, la plus matérielle, la plus dense de l'Univers cosmique. Celle que l'on peut voir avec nos yeux physiques et comprendre avec notre intellect et des instruments scientifiques.

Plus nous nous élevons spirituellement, plus nos vibrations s'accélèrent, deviennent subtiles et plus nous sommes en harmonie avec des états de plus en plus subtils de la matière. Moins la matière est dense plus la lumière peut voyager rapidement (là nous arrivons vers la mi-hauteur du triangle dans mon exemple).

Si nous continuons notre progression spirituelle, vers le haut du triangle, nous allons arriver au sommet du triangle là où les deux parties se rejoignent. Là il n'y a plus de point A ni de point B. Donc plus d'espace ni de temps. La lumière est simultanément au point A et B. Elle a sa source dans le Non-Manifesté, dans l'Absolu, au-delà de l'espace et du temps. Elle est omniprésente. C'est l'Expérience spirituelle. Nous sommes omniprésents. Nous sommes la Vie de toute vie.

Dans cet état d'être et de conscience il n'y a plus de vibrations, seule EST la Réalité ultime, le Silence insondable qui est éternelle Éloquence. Nous ne sommes plus séparés des autres créatures, nous sommes dans l'Unité, nous sommes redevenus le Tout.

La Vie est ce qui anime tout ce qui vit y compris nous-mêmes et ce corps illusoire. Mais ce corps n'est pas la vie. Il n'est qu'un amas de matière dense. Un véhicule pour l'Âme. Un habit que l'on quitte lors du processus que nous appelons la mort.

Ce que dans notre ignorance nous appelons la vie et la

mort ne sont que les deux faces de la même Réalité qui est la Vie éternelle au-delà de la vie et de la mort.

Croire que ce corps est la vie et vouloir prolonger son existence à tout prix revient à prolonger la souffrance due à l'attachement à ce corps.

Voir la vie d'un point de vue purement physique, biologique, scientifique, c'est limiter notre vision à la conscience humaine, utiliser nos cinq sens, notre logique pour la comprendre. C'est limiter la vie à son aspect grossier, destructible, mortel. C'est avoir une vision limitée de la Vie.

Plus nous nous élevons spirituellement, plus nous ouvrons notre conscience à cette Réalité qui nous dépasse, moins nous sommes limités dans notre vision et notre compréhension de la Vie et de nous-mêmes.

Plus notre conscience s'ouvre, plus nous nous détachons de l'illusion de croire que nous sommes ce corps, plus nous nous purifions, plus nos vibrations deviennent subtiles. Devenant de plus en plus subtils, nous entrons en harmonie avec les dimensions de plus en plus subtiles de l'univers, invisibles à l'œil, incompréhensibles à nos cinq sens, à notre logique.

Jusqu'au jour où nous sommes suffisamment purifiés, où nous sommes suffisamment subtils pour recevoir la bénédiction suprême, pour vivre l'Expérience spirituelle, l'Expérience de l'ultime Réalité, de notre véritable Identité spirituelle. Ou pour prendre le langage des religions, pour retourner au Paradis.

La Vie que nous vivons alors est d'une intensité et d'une plénitude infinie, illimitée, inconcevable dans l'état de conscience humain. Elle est éternelle et indestructible.

Nous sommes alors de nouveau dans l'Unité, dans l'Éternité, dans l'Absolu, au-delà de l'espace et du temps.

Le Maître Spirituel ou Guru

*L*e Maître spirituel ou Guru n'est pas quelqu'un qui a lu un livre ou écouté des discours et enseigne ce savoir livresque ou oral aux autres.

Un vrai Maître Spirituel est celui qui montre la Lumière. Il amène progressivement l'élève à se détacher de l'illusion de croire qu'il est ce corps, cette personnalité humaine pour l'amener en pleine conscience dans son Être véritable, le Soi divin.

Il dissout notre création, l'ego, le moi humain, pour nous révéler par l'expérience le Soi divin, notre Identité véritable et impérissable.

Il ne développe pas l'ego du disciple mais lui apprend à le transcender pour atteindre l'état sans ego dans la pure Lumière de l'Éveil spirituel.

Un Maître spirituel ou Guru peut se manifester sous une forme humaine, homme ou femme, sous n'importe quelle forme matérielle ou sans forme, comme c'est mon cas.

Quand on est dans l'Unité, tout est Dieu manifesté sous d'innombrables formes. Tout peut nous enseigner quelque chose.

Seul celui qui a goûté le fruit de l'ultime Réalité connaît son goût véritable.

L'auteur de ce livre n'est pas un maître et n'a aucune intention de se faire passer pour tel. Il est simplement quelqu'un qui a eu la chance infinie, l'extrême privilège, la suprême bénédiction de vivre une fois l'Expérience spirituelle.

Mais ma gratitude est éternelle.

Épilogue

*E*xilés de nous-mêmes.

Notre condition dans l'état de conscience humain est celle d'un émigré qui a quitté son pays d'origine, le Paradis. L'histoire de l'émigré est cette longue errance à travers le cycle des réincarnations, des naissances et des morts successives.

Tout au long de notre parcours dans la matière nous nous sommes identifiés à de nombreux corps, de nombreuses identités. Et nous avons oublié notre état d'Être originel, notre véritable Identité spirituelle. Nous avons la nostalgie du Paradis perdu.

Quand nous sommes à nouveau dans l'Expérience spirituelle nous sommes ce que nous avons cherché aveuglément pendant de nombreuses vies humaines à travers des milliers d'identités, des milliers de choses différentes. Nous sommes l'Amour, le Bonheur, la Paix et la Liberté parfaite, indestructible et éternelle.

Il n'y a plus rien à espérer que l'on ne soit déjà. Il n'y a plus de but à atteindre, nous sommes à nouveau le but.

Plus de croyance mais la Certitude absolue, le Savoir immuable, par l'Expérience spirituelle vécue personnellement.

Plus de désirs, plus rien à désirer qui pourrait nous apporter l'amour, le bonheur, la paix et la liberté puisque nous sommes l'Amour parfait, le Bonheur parfait, la Paix parfaite et la Liberté parfaite.

Plus de peurs, plus de souffrances.

Plus de mort puisque nous avons transcendé l'illusion de croire que nous sommes ce corps mortel. Plus d'attachement à cette identité relative, illusoire, limitée et mortelle puisque nous sommes notre véritable Identité, le Soi divin, illimité et immortel.

C'est le souvenir, l'évidence de ce que nous avons toujours été, de ce que nous sommes toujours ici et maintenant et que nous sommes pour l'éternité. C'est notre Identité véritable, éternelle, au-delà de nos identités temporaires.

Il n'y a rien à créer qui ne soit déjà créé de toute éternité.

Du point de vue de la conscience humaine c'est un formidable message d'espoir. L'espoir que nous retrouverons tous un jour cet état d'Être béni. C'est notre but ultime à tous. C'est la certitude absolue. Notre Guide éternel.

Comme nous dit le Bouddha, un jour tous les êtres atteindront le Nirvana.